LES TRIBULATIONS

D'UN MALIN

CHARLES COURTIN

LES

TRIBULATIONS

D'UN MALIN

RÉCIT DIALOGUÉ EN VERS

ET

NON

CAPRICE

PARIS

1876

A MES AMIS

Beau temps de l'atelier! Rêve de ma jeunesse
Trop vite disparu, pour ne plus revenir,
On est toujours heureux dans ses jours de tristesse,
D'évoquer votre doux et charmant souvenir.

Alors quand nous chantions ces magnifiques hymnes
Qui peignent tes douceurs, noble fraternité,
Les mains cherchaient les mains, et toutes les poitrines
Frémissaient de bonheur au nom de liberté!

Sans le moindre souci gaîment fuyait la vie;
A ses joyeux amis on consacrait le jour,
Puis, quand venait le soir, une charmante amie
Vous appelait, rieuse, aux transports de l'amour.

Les folâtres amours, bien loin sont envolées,
A peine s'il en reste un souvenir confus,
Et comme ces beautés trop vite étiolées,
On perd leur souvenir lorsqu'elles ne sont plus.

Toi sincère amitié, plus durable est ta trace,
Car partout tu nous suis pour t'éteindre avec nous;
C'est pour vous mes amis, pour vous que je retrace
Ces récits d'ateliers dédiés à vous tous.

PERSONNAGES

BRIDOISON, malin.

LARUINE, commissaire de l'atelier.

RABOURDIN.

LÉRIDON.

DUCLOSET.

LETOURNEUR ou LÉON KOPPSKI.

RAPIN.

DELANNOY.

BLANCHARD et groupe d'autres Élèves.

LES

TRIBULATIONS

D'UN MALIN

La scène se passe à Paris, dans un atelier d'architecture. Des masques en plâtre, des caricatures d'élèves, des pipes suspendues à leurs râteliers, des charges grotesques du Juif-Errant, du roi Dagobert, de Gargantua et d'autres décorent les murs de ce local légèrement rembruni par la fumée du tabac. Des tables sur lesquelles sont épars des planches, des T, des équerres et des compas composent, avec de hauts tabourets, tout le mobilier de l'atelier. Un poêle en fonte y répand sa douce chaleur. Une fontaine en pierre, sur laquelle reposent des verres et des godets, sert aux besoins des élèves.

SCÈNE PREMIÈRE

LARUINE, RABOURDIN, LÉRIDON, DUCLOSET, RAPIN,
DELANNOY et BLANCHARD.

RABOURDIN

Amis, sachons mêler l'utile à l'agréable ;
Laissons pour un moment sommeiller sur la table
Ces T et ces compas, ces planches, ces lavis ;
Dors, ô ma descriptive, et dors, ô mon devis !...
Il vaut bien mieux chanter, car le chant et la femme
Tous deux savent charmer, surexciter notre âme.
Lorsque pressé par vous un sein ferme bondit,
Qu'autour de votre tête un bras blanc s'arrondit,
Qu'une lèvre charmante avec ardeur embrasse
Votre bouche amoureuse et jamais ne se lasse,
Est-il plaisir plus grand ? Avec un soin jaloux
Ne recueillez-vous pas les mots, les mots si doux

Qu'elle laisse échapper, semblables au murmure
Que fait sur le gravier l'onde limpide et pure
S'écoulant lentement, ou bien que fait encor
Le souffle si léger d'un bel enfant qui dort?

CHANSON

Cause, ma bien-aimée,
Raconte nos amours ;
Mon oreille charmée
T'écouterait toujours ;
Cause, ma bien-aimée !

J'aime tes beaux yeux noirs,
Tes yeux où je me mire,
Quand je t'entends le soir
Et babiller et rire.
J'aime le doux souris
De ta lèvre si rose,
Par son frais coloris
L'emportant sur la rose ;
Et j'aime aussi l'émail
De tes dents si mutines,
Perles blanches et fines
Qu'enrichit le corail.

Cause, ma bien-aimée,
Raconte nos amours ;
Mon oreille charmée,
T'écouterait toujours ;
Cause, ma bien-aimée !

Trompettes, maintenant jetez vos joyeux sons !
Amis, chantons en chœur la reine des chansons
Qui de chacun de nous a retracé l'image,
Celle qui, par nos fils, passera d'âge en âge.

INVOCATION

O muse aux sublimes accords,
    Échauffe mon génie !
Prête-moi tes nobles transports,
    Des cieux fille chérie !
Je chante atelier de renom,
    La faridondaine, la faridondon,
Ceux qui le composent aussi,
    Biribi,
A la façon de Barbari,
    Mon ami.

Après la fin de ce couplet, il se fait pendant quelque temps dans l'atelier un tapage infernal. Rapin joue du cor de chasse, Duclosœt exécute un brillant solo de grosse caisse. Léridon et Rabourdin dansent un cancan très enjolivé, Laruine admire tout cela avec le plus grand sang-froid du monde et fume une pipe impossible, tant elle est grosse. Le tapage s'apaise peu à peu ; Léridon interrompt sa danse pour contempler Blanchard et Delannoy, qui font des armes ; il se place derrière Delannoy et fait ses observations sur les coups.

LÉRIDON

Pare tierce, Blanchard, efface-moi l'épaule ;
Tu tiens le bras si droit, qu'on dirait une gaule.
Relève-moi la tête ! Une, deux, bien tiré ;
Riposte, Delannoy : voilà le coup paré.
C'est à toi, mon gaillard, de prendre l'offensive,
Et sois aussi brillant que sur la défensive ;
Couvre-toi donc, benêt, cherche à lier le fer.
Hélas il est trop tard ! sur ton sein découvert
La lame vient frapper... touché...

A ce moment, Léridon allonge un magnifique coup de pied au derrière de Delannoy ; celui-ci pivote sur lui-même et tombe sur les mains.

Messieurs, il tombe.
Pourquoi, si jeune encor, descendre dans la tombe !

Le ciel l'avait doué de talents si divers
Qu'il eût certainement étonné l'univers.
En tous lieux, en tous temps eût retenti sa gloire !
Pleurons, amis, pleurons sur cette sombre histoire.

SCÈNE DEUXIÈME

Les mêmes, plus LETOURNEUR.

LETOURNEUR

Salut à tous ! Pardon d'entrer si brusquement,
D'interrompre ce jeu, ce divertissement.

RABOURDIN

Je ne saurais assez admirer ce triomphe !
Montrant Delannoy.   Montrant Blanchard avec ironie.
Car le vice est puni, l'innocence triomphe,
Rien dans le dénoûment ne laisse à désirer.
Maintenant, Delannoy, commence à respirer.
Regarde ! Lève-toi ! La clémence éternelle
T'a sauvé cette fois de blessure mortelle.

LETOURNEUR

Amis, après trois mois, il est doux à mon cœur
De vous serrer la main, de renaître au bonheur.

RABOURDIN

Sais-tu bien que c'est long, ces trois grands mois d'absence !
Pour nous qui t'aimons bien, sais-tu que c'est immense ?
Tu n'eusses pas longtemps retardé ton retour
Du ravissant pays où tu reçus le jour,

Si ton œil enchanté d'un ange, d'une fille.
N'eût que trop contemplé la figure gentille.
Une Armide nouvelle, oui, t'avait enchaîné
Comme autrefois Renaud. Qui t'a donc entraîné ?
Quel tout puissant génie enfin rompit le charme ?
Dans tes yeux attristés je vois poindre une larme.
Regrettes-tu l'amour que tu goûtais là-bas ?
Si c'est vrai, Letourneur, ne nous le cache pas,
Raconte tes exploits, nous sommes tout oreilles.

LETOURNEUR

Mes exploits, Rabourdin ! La nuit si tu t'éveilles
Après un cauchemar épouvantable, affreux,
Tu n'es pas plus que moi, tu n'es pas plus heureux.
Des exploits en province ! indigne raillerie !
En province, personne, ô liberté chérie !
Ne connaît tes douceurs. Un lien dur, **fatal**,
Me retenait captif dans mon pays natal.
Mon imaginative, autrefois si féconde,
Était saisie alors d'une langueur profonde ;
Non, rien de mon esprit, rien ne pouvait sortir
Pour secouer mon joug, m'évader et partir ;
L'air qui remplit ces lieux, épais et délétère,
Pèse sur le cerveau comme un monceau de terre.
J'avais beau, pour calmer quelque temps mon ennui,
De vos groupes, rêveur, croire entendre le bruit ;
Mes sens semblaient goûter vos plaisirs, votre ivresse,
Je tressaillais déjà d'une douce allégresse ;
Ce bonheur s'éteignait comme un pâle flambeau
Quand ce calme, pareil à celui du tombeau,
Enveloppait le soir notre ville glacée.
Lorsque la huitième heure est à peine passée,
Le bourgeois dans son lit s'étendant de son mieux,
Après avoir bâillé, songe et ferme les yeux.

Le silence partout... Quelquefois, goutte à goutte,
La pluie avec lenteur des toitures s'égoutte ;
D'une voiture encore c'est le roulement sourd,
Que traîne un gros cheval au pas tranquille et lourd.
Ou le chant aviné d'un buveur en goguette
Qui laissa sa raison dans une humble guinguette.
Ainsi je végétai, triste, pendant trois mois,
Sans que ce calme affreux se rompît une fois,
Sans que pendant trois mois la moindre jouissance
Vint embellir un peu ma pénible existence,
Pour me laisser sa trace, un joyeux souvenir.
Et si Dieu m'avait dit : ton terme va venir,
Péris, ton œil s'éteint, ton front s'incline et tombe,
Ton corps, glacé déjà, n'attend plus que la tombe,
Je me fusse écrié : merci, mon Dieu, merci !
Je préfère mourir que toujours vivre ainsi.
Un jour, jour de bonheur, je pus fléchir mon père ;
Il est vrai que j'avais le concours de ma mère.
Je fis voir que là-bas j'allais tout oublier
S'il ne me renvoyait bien vite à l'atelier.
Mon ardeur au travail sera, disais-je, extrême :
L'artiste pour grandir doit compter sur lui-même.
Je fus très éloquent dans ce grave discours,
Car c'est le lendemain que l'auteur de mes jours
Me laissa revenir. Voilà, voilà ma vie ;
Prends-la donc, Rabourdin, elle te fait envie.

RABOURDIN

Mon pauvre Letourneur, je te plains à présent,
Et je n'accepte pas un si triste présent.

LETOURNEUR

Oublions un passé qui brisa tout mon être ;
L'avenir me sourit et je me sens renaître.

Dites-moi maintenant, quels nouveaux studieux
Sont venus depuis moi travailler dans ces lieux.
Tracez de leur physique une complète esquisse,
Leur air embarrassé, leur coupe de novice ;
Je veux un aperçu du moral de chacun.
Qui veut narrer cela ? Quoi, de vous tous, pas un
Ne bouge et ne répond ! Léridon, tu t'en charges ?
Raconte clairement, et surtout pas de charges.

LÉRIDON

Des élèves absents je veux bien te parler ;
Pour ceux qui sont présents, je vais les appeler.
Et tu devineras à leur tête, à leur mine,
Quel esprit est le leur et quel vice les mine.
Toi, charmant Delannoy, viens déposer ici
Tes hommages aux pieds de l'ancien que voici.
Très bien ! ton caractère est soumis et docile ;
Fais maintenant, Blanchard, comme ton chef de file ;
Saluez, Ducroquet ; ce n'est pas un affront
D'être poli parfois et de courber le front.

DUCROQUET

Oui, je suis Ducroquet ! Dès son adolescence,
Mon père, en son négoce, amassa grande aisance
A vendre du vieux drap qu'il disait être neuf
Et lui venir tout droit de Sedan ou d'Elbeuf ;
Il débitait encore aux cochers de remise
Des pardessus reteints qui n'étaient plus de mise,
Des gilets dégraissés, de fauves pantalons,
Des antiques chapeaux en forme de tromblons.
Aussi moi je suis riche, et dans mon escarcelle
On voit l'or qui reluit et l'argent qui ruisselle.
Oui, je suis Ducroquet.

LÉRIDON (bas)

Peste soit du bavard !
Que le ciel te confonde, exécrable vantard.

(haut).

Silence ! Ducroquet, ton caquet nous agace.
Rapin, joueur charmant du bruyant cor de chasse,
Grand amateur aussi du joyeux galoubet,
Du mauvais calembour, du sournois quolibet,
Ote devant Monsieur ton auguste coiffure
Et laisse en liberté ta blonde chevelure.
Voilà pour les nouveaux présents à la maison.
Il me reste à parler du divin Bridoison.
Comme à venir chez nous il fait peu diligence,
Je m'efforcerai donc, avec intelligence,
De t'esquisser, mon cher, ce type trait pour trait,
De peindre, si je puis, un ressemblant portrait.
Discoureur sans esprit, vantard outre mesure,
Ne crois rien, Letourneur, de tout ce qu'il t'assure ;
Un échalas, couvert de vêtements humains,
Orné de bras très longs et de maîtresses mains,
Représente assez bien le héros au physique,
Et la tête répond à cet ensemble étique.

LETOURNEUR

Suffit, l'homme est dépeint ; pour le faire briller,
D'une belle façon nous allons l'habiller.

RABOURDIN

Une charge, bien sûr, germe dans ta cervelle,
Et, nous venant de toi, qu'elle doit être belle !
Comme en la racontant tu vas nous réjouir !
Je vois de Ducloset le front s'épanouir.
Autrement il faudrait que Rapin nous enchante
Par un joyeux récit, une chanson touchante.

LETOURNEUR

Avant de faire part de mon futur projet,
Je voudrais tout d'abord bien mûrir mon sujet.
Aussi, forcez Rapin, mais avec convenance,
A chanter avec grâce une douce romance :
Le grand roi Dagobert, la perle du Harem,
Ou les malheurs affreux d'Isaac Laquedem.
Isaac Laquedem, juif-errant !... Dans ce monde,
Il n'est aucun mortel, à ta douleur profonde,
Qui sache compatir aussi bien que nous tous !
Quand sur la table, amis, j'aurai frappé trois coups,
C'est que je serai prêt ; mon âme fécondée
Laissera par ma bouche écouler mon idée ;
Notre atelier doit être et muet, et glacé,
Calme comme la chambre où gît un trépassé.

LÉRIDON

Pourquoi ne pas chanter ces rondes enfantines,
Grâce à qui nous baisions les têtes si lutines
De ces anges charmants, de ces êtres heureux
Dont nous devons plus tard devenir amoureux.
La gaîté de l'enfance est le bel apanage,
C'est l'unique moment où l'homme est vraiment sage.

DUCLOSET

Moi j'eusse mieux aimé le chant de Dagobert
Qui, malgré saint Éloi, chassait pendant l'hiver ;
Mais puisque Letourneur choisit la sombre histoire
Du pauvre juif-errant, sa misère notoire,
Rapin débite-nous cette grande douleur ;
Pour mieux sympathiser à ce poignant malheur,
Sur ton humide joue, oui, que des larmes roulent.
Suivant le docte Horace, il faut que vos pleurs coulent
Si vous voulez aussi des larmes nous tirer.
Allons, chante ! Pourquoi si longtemps soupirer ?

RAPIN (d'un ton larmoyant)

Est-il rien sur la terre
Qui soit plus surprenant
Que la grande misère
Du pauvre Juif errant?
Que son sort malheureux   (Il sanglote)
Paraît triste et fâcheux !

DUCLOSET

Bien, très bien, jeune enfant! Ce récit vous remue,
Et je sens malgré moi mon âme tout émue.
Notre bon commissaire, en regardant les cieux,
Avec son long mouchoir frotte et sèche ses yeux.

RAPIN (moins tristement)

Un jour, près de la ville
De Bruxelles en Brabant,
Des bourgeois fort dociles
L'accostèrent en passant.
Jamais ils n'avaient vu
Un homme aussi barbu.

3ᵉ COUPLET (gaiment)

Ils lui dirent: bonjour Maître,
De grâce accordez-nous
La satisfaction d'être
Un moment avec vous.
Ne nous refusez pas,
R'tardez un peu vos pas.

RABOURDIN

J'aime de ces bourgeois la franche courtoisie.
Comme pour inviter, l'heure était bien choisie !

Parcourant l'univers pour la troisième fois,
Le pauvre Juif errant, certe, était aux abois.
Son gosier, desséché par cette longue route,
Du vin si bienfaisant réclamait une goutte ;
Le ciel vous donnera pour cette urbanité,
Un bonheur infini pendant l'éternité,
O généreux bourgeois !

LETOURNEUR

                    Cessez votre romance
Et veuillez, s'il vous plaît, m'écouter en silence.
Mes plans sont combinés ; pour les exécuter,
Il faut votre concours un instant me prêter.
Oubliez, mes amis, que, pendant deux années
Qui m'ont semblé durer à peine deux journées.
Nous avons culotté dans ce lieu séduisant
Tant de pipes Gambier, toujours en devisant.
Passe-moi, Rabourdin, cette blonde perruque.
Ces rouges favoris que Ducloset reluque,
Et la poudre de riz pour me pâlir le teint :
Adieu, car maintenant votre ami s'est éteint.
Toi mon vieil atelier, dont le poêle antique
Réchauffa tant de fois ce vieux lambris gothique,
Je ne te connais plus, je ne suis qu'un nouveau
Arrivant dans tes murs apprendre l'art si beau
De peupler l'univers de temples gigantesques
Dont on admire encor les débris pittoresques.
Va-t'en, gai Letourneur, et toi, Léon Koppski,
Viens vite près de nous en tenir place ici ;
Où tu reçus le jour, ce n'est pas la Bourgogne,
Mais un lointain pays qu'on nomme la Pologne.
Je suis un débutant entrant à l'atelier.
Amis, tel est mon rôle, il doit vous égayer.

Si vous me promettez un concours efficace.
Je crois voir Bridoison, que Letourneur s'efface.
Retenez, je vous prie, un ris trop imprudent.
Le reste me regarde et l'on sera content.

SCÈNE TROISIÈME

Les mêmes, plus BRIDOISON.

BRIDOISON

Salut, salut, les vieux, je reviens de l'école :
Je ne donnerais pas la plus chétive obole
Pour les pauvres projets dans la salle exposés.
Les lavis sont affreux, les plans mal disposés,
Et je ne comprends pas que chacun de nous ose
Se déranger pour voir une aussi pauvre chose.
Qu'on me passe Rapin, jeune facétieux,
Qui me fit, l'autre jour, en désertant ces lieux.
Gagner comme un nigaud la barrière du Maine
Pour monter dans un train conduisant au domaine
Si royalement beau, si magnifique en tout,
Au domaine enchanteur du palais de Saint-Cloud.
Il devait, m'a-t-il dit, payer là sa galette
Et faire le jour même une noce complète.
Charmé par son récit et l'odeur du repas,
Je ne recherchai point s'il ne me mentait pas :
Sans penser que cela pût cacher une ruse.
Au pas accéléré je pars comme une buse ;
J'entre au chemin de fer, je donne mon argent,
Le train part, je souris tant je me crois content ;
Je descends des wagons après un grand quart d'heure.
Car je suis à Saint-Cloud, je cherche la demeure

Du grand restaurateur indiqué par Rapin,
Je la trouve, et morbleu pas d'ombre de festin.
Rapin, me suis-je dit, ne connaît pas l'usage,
Il me semble, après tout, qu'il serait assez sage
De réparer l'oubli que sans doute il a fait :
Dîner pour dix amis, vin soigné, vin parfait,
Dans deux heures d'ici, que la table servie
Soit prête à recevoir tous ceux que je convie,
Dis-je au restaurateur qui, calme et bégayant,
Sa figure à soufflet allongeait en riant.
Je ne sais pas, Monsieur, ce qui vous fait sourire ;
Si je suis ridicule, il faudrait me le dire ?
Monsieur, me répondit ce Vatel de l'endroit,
Je ne vous connais pas, êtes-vous prince ou roi ?
Avancez-moi l'argent pour couvrir la dépense,
Versez soixante francs, ce n'est pas trop, je pense,
Pour un dîner pour dix et notre meilleur vin.
Allons, ce n'est pas cher, je vous traite en voisin.
Vous comprenez très bien, mon très digne jeune homme,
Que rien n'est fait ici si l'on ne fait la somme
Qui doive nous solder ; s'il vous prenait loisir
De filer à Paris par un train de plaisir,
J'en serais pour mes plats et ma peine inutile.
Puisqu'il en est ainsi, ce prétexte futile
Va tomber sur-le-champ, payez-vous : à bientôt,
Repartis-je au traiteur qui se paie aussitôt.
Je visite du parc les belles avenues,
Je vois ces gais jets d'eau s'élevant vers les nues
Et retombant dans l'onde avec un grand fracas :
Je demande partout et ne vous trouve pas.
J'ai beau tout parcourir, mais rien je ne découvre,
Et cependant mon œil aussi grand qu'il peut s'ouvre.
Ils sont au restaurant, puisqu'ils ne sont ici,
Retournons sur nos pas, ils t'attendent, l'ami.

Marche, mon Bridoison... J'arrive, hélas! personne :
Je m'assieds en jurant, soudain l'horloge sonne,
C'est six heures du soir, et mon restaurateur
Prenant pour m'aborder son air le plus flatteur :
Si Monsieur veut dîner, j'ai servi le potage.
Eh! vous êtes tout seul!... Oui, sans doute, et j'enrage ;
J'attendais des amis, ils ne sont pas venus :
Servez, servez toujours, j'en aurai beaucoup plus.
J'ai donc été forcé de manger et de boire
Ce qui pour dix était, c'est à ne pas le croire :
Non, je n'ai rien laissé, j'en atteste les cieux :
Mon malheureux traiteur s'écarquillait les yeux.
J'ai bien mangé, c'est vrai, mais qu'on se le rappelle,
Mon farceur de Rapin, plus tard j'aurai ma belle.

RAPIN (bas)

Dans quel affreux guêpier me suis-je fourré là !
Oh! je suis bien pincé, jusqu'au cou m'y voilà.

(bas à Rabourdin)

Avise, Rabourdin, à me tirer d'affaire ?

RABOURDIN (bas)

Ne tremble plus, je vais essayer de le faire.

(haut)

Apaise ton courroux, superbe Bridoison,
Et daigne pour le moins écouter la raison
Qui l'autre jour causa cette mésaventure :
Je vais te la conter sans nulle enjolivure.
Midi sonnait partout, nous venions de plier
Nos plans et nos devis pour quitter l'atelier
Et gagner promptement la barrière du Maine :
On croyait à Saint-Cloud, sans encombre et sans peine,
Bientôt être arrivés. Notre ami Léridon
En marchant débitait une folle chanson,
Belle pièce de vers, à grands frais composée,
Certain jour que pour lui, pas trop mal disposée,

Sa muse l'inspirait. Un quolibet sournois
Dans son touchant récit vous l'arrêtait parfois ;
L'aplomb lui revenait, il contait de plus belle ;
Il allait nous finir sa romance nouvelle,
Quand Rapin, devant nous s'enfuyant au galop,
Nous fait rétrograder, en nous lâchant ce mot :
Le Patron !... C'était juste, au détour de la rue
Notre maître soudain se montre à notre vue...
Il fallut retourner dans notre humble bercail
Et reprendre chacun son pénible travail.
Que bien nous avons fait ! Le patron nous présente
Quelques instants après la face si plaisante
De ce nouveau charmant que nous t'allons charger,
Connaissant tes talents, de bien interroger.

RAPIN (bas)

D'un regard adouci Bridoison m'examine ;
Son front s'est déridé, moins terrible est sa mine ;
Il sourit, Dieu me damne, allons je ne crains rien.
Allaitez cet enfant, nourrice, il prend si bien !

BRIDOISON

Allons, c'est entendu, j'accepte cette excuse :
Rapin pour me tromper n'a pas assez de ruse.
Camarades, merci, merci, de votre choix,
La mission n'est pas agréable, je crois,
Mais je la remplirais, même plus difficile :
Beaucoup moins fin que moi n'est pas un imbécile.
Chacun sait qu'en affaire on n'est pas plus retors.
Je suis, sans me flatter, le plus drôle de corps
Que possède Paris. Un jarret bon, rapide
Et souple de moi fait un danseur intrépide ;
Un esprit très brillant, un discours enchanteur
Me rendent près du sexe un profond séducteur :

Non, sous meilleure étoile on ne pouvait pas naître.
Vous jugerez plus tard quel homme je puis être,
Quand bien souvent, nouveau, vous m'aurez fréquenté,
On m'admire beaucoup lorsqu'on m'a bien hanté.
Passons à mon devoir. Dites-nous, je vous prie,
Le pays trop heureux qui fut votre patrie.

LETOURNEUR ou LÉON KOPPSKI

La Pologne, Monsieur.

BRIDOISON

> Ah ! je voudrais savoir
Quel nom et quels prénoms vous pouvez bien avoir.

LÉON KOPPSKI

Jules-Léon Koppski.

BRIDOISON

> Parfait ; mais beau jeune homme,
Que Léon désormais il faudra que l'on nomme,
Pour Koppski, c'est trop dur, comment, vous Polonais,
Aussi bien qu'un de nous parlez-vous le français ?
Ce n'est pas ordinaire, et mon intelligence
A peine à le saisir ; faites donc diligence
Pour narrer votre histoire ; allez et soyez bref.
Mais avant, étranger, découvrez votre chef.

LÉON KOPPSKI

Oui, Monsieur, jeune encor, chassé de sa patrie
Par le tyran cruel de la froide Russie,
Mon père, hélas ! il dort dans l'éternelle nuit,
Vint en France emmenant ses enfants avec lui ;
Il préférait l'exil au joug du Moscovite.
Comme depuis quinze ans votre pays j'habite,
Je puis parler français assez correctement.

BRIDOISON

Voilà qui fait cesser mon sot étonnement.
Vous venez, parmi nous, apprendre la structure
Des monuments anciens et leur architecture?

LÉON KOPPSKI

Oui, Monsieur.

BRIDOISON

Quel hôtel en ce vaste Paris
Vous loge en ce moment? Vous avez l'air surpris,
Pourquoi donc?

LÉON KOPPSKI

Oui, Monsieur.

BRIDOISON (avec une grosse voix)

Est-ce ainsi qu'on écoute!
Je vais me répéter, vous comprendrez sans doute.
Où logez-vous?

LÉON KOPPSKI

Pardon, je tremble malgré moi,
Votre aspect imposant m'a mis tout en émoi,
Le son de votre voix à mon oreille sonne
Comme le bruit lointain de la foudre qui tonne
Près du palais du roi je reste, hôtel Windsor

BRIDOISON

Voilà comme on répond. Ah! vous avez de l'or,
Mon cher Léon Koppski! Quelle heureuse existence!
Nous n'avons pas, plus gueux, l'insigne jouissance

De voir en nous levant un superbe palais.
Mon logis est moins beau, cependant je m'y plais :
L'homme saît embellir l'appartement qu'il aime.
Votre demeure est loin, convenez-en vous-même,
De notre humble atelier ; n'aimeriez-vous pas mieux,
Léon, que je vous cherche un nid délicieux ?

LÉON KOPPSKI

Oui, Monsieur.

BRIDOISON (contrefaisant Koppski)

Oui, Monsieur.

(bas à Ducloset) :

Dieu, quel sot personnage
Avec son : oui, Monsieur ! Cependant son visage
Annonce de l'esprit : tout d'abord il m'a plu,
Cette erreur n'a duré qu'un instant, car vois-tu,
Ce sourcil trop arqué, cette face blémie,
Ces cheveux blonds dorés, cette physionomie,
Ce front mat et bombé vous dénotent le sot.
Tu souris, Ducloset, mais je maintiens le mot.
La nature, mon cher, en fils qu'elle idolâtre,
Me traita.

DUCLOSET (bas)

Vrai ! pour moi ce fut une marâtre :
Elle me traita mal pour te doter trop bien.

LARUINE

Parlerez-vous tout haut ? nous ne saisissons rien !

BRIDOISON

Nous parlons comme il faut, mon digne commissaire.
Et si nous parlons bas, c'est qu'il est nécessaire
Que ton auguste oreille ignore nos discours
Et que ta langue aussi refuse son concours.

LÉRIDON

Bridoison ne va pas doucement quand il frappe ;
C'est dur à digérer, mais commissaire, attrape.

BRIDOISON

Est-ce assez bien tourné ? Vous voyez le danger
De m'échauffer par trop, mon timide étranger.
Eh bien ! autant, fâché, je suis dur et terrible,
Autant, calme, je suis on ne peut plus sensible.
Tenez, Léon, laissons l'étiquette du vous,
Permets qu'on te tutoie, entre amis c'est plus doux.
Je vais te renseigner d'une façon complète
Sur nos us et nos mœurs : on paie une galette
Quand on a le bonheur d'être chez nous reçu.

LÉON KOPPSKI

Quel dommage, Monsieur. de ne l'avoir pas su !
De chez le pâtissier je reviens tout à l'heure.
Je cours vous en prendre une.

BRIDOISON

       Eh non ! morbleu, demeure.
Par galette on entend quelques bols de vin chaud
Accompagnés de punch, qu'un élève nouveau
Offre à tous ses anciens ; c'est un usage antique
Qu'on est toujours heureux de remettre en pratique.
Veux-tu nous procurer, doux Léon, ce bonheur ?

LÉON KOPPSKI

Oui, Monsieur Bridoison, j'y consens de bon cœur ;
Mais je n'ai pas d'argent, j'ai laissé mon pécule
Et ma bourse à l'hôtel : c'est sot. c'est ridicule,
D'autant plus qu'aujourd'hui j'en aurais grand besoin.

BRIDOISON

Pourquoi te chagriner? je me charge du soin
De te prêter l'argent qu'il faudra qu'on avance
Pour solder du café le punch et la dépense.
Partons tous savourer le goût délicieux
De la bonne liqueur qui réjouit les dieux :
Cela va nous douer d'une vigueur nouvelle
Pour fumer, tour à tour, la pipe fraternelle.
Belle pipe, c'est moi qui te suspendis là
Le jour où je donnai mon célèbre gala
A ma réception. Deux heures la fumée
Peut sortir du fourneau, quand elle est allumée.
Si j'ai trouvé cela, c'est que j'ai de l'esprit,
Je puis conduire à bien tout ce qui me sourit.
Sachant tourner le vers aussi bien que la prose,
Je traite avec succès sujet leste ou morose.
Et je le dis, corbleu, sans moindre vanité,
Dans le monde savant je fais autorité.
Tout Paris s'arracha cette pièce charmante
Qu'autrefois j'écrivis pour mon heureuse amante,
De mon humble portrait lorsque je lui fis don.
Tous les vers sont parfaits, n'est-ce pas Léridon?
Pour que personne ici ne le révoque en doute,
Je vais en réciter quelques-uns ; qu'on écoute :

    Honorine, sais-tu ce que c'est que l'amour?

      A-t-il baisé ta bouche rose,

      Et sur ta lèvre à peine éclose

    S'est-il penché riant quand finissait le jour?

    Honorine, il viendra te trouver à l'aurore

    Ou le soir, quand le jour commence ou va se clore ;

. . . .

    Et mon œil bleu boira dans ton œil ces étoiles
    Que la passion tient du souffle créateur.

. . . .

. . . .

Oh ! dans ce doux moment, ma vue émerveillée
Se croira transportée aux siècles Athéniens,
Quand la belle Aspasie, à l'aube réveillée,
Saluait, le corps nu, les astres du matin.

LÉRIDON

Quels vers harmonieux ! Quels célestes accords !
D'un auteur inspiré ce sont bien les transports.
On croirait écouter la lyre vénérée
D'un séraphin chantant sous la voûte éthérée
Ou le dernier refrain d'un sublime concert
Qui vibre dans l'espace et lentement s'y perd.

BRIDOISON

Cet éloge me plait, c'est celui d'un poëte ;
Pour la lire en entier, l'épître est trop complète :
J'arrête mes extraits, car je pourrais encor
Pendant des mois entiers, sans tarir mon trésor,
Je pourrais débiter mes douces poésies,
Mes opéras charmants, mes cantates choisies...
Assez parlé de nous ; quand le punch et le vin
Nous attendent, il faut goûter ce jus divin.
Aussi moi, sur-le-champ, lestement je m'esquive :
Que chacun s'exécute, et qui m'aime me suive.
Nous ne sommes que six ! Corbleu ! seriez-vous morts,
Vous qui ne venez pas ? Oh ! les drôles de corps !
Architectes en herbe, on ne pourra le croire,
Vous avez refusé de chanter, rire et boire !
La noble architecture, allez, ne vous veut plus :
C'est parmi les viveurs qu'elle prend ses élus.

(Il chante).

REFRAIN

A boire, amis, noyons nos soucis dans l'ivresse,
Que le vin généreux coule, et coule à grands flots ;

Que partout on entende un gai chant d'allégresse,
Et que pour nous charmer sortent les plus doux mots

1

Jus divin de la treille,
Par ta liqueur vermeille,
Ah ! parmi nous réveille
La plus franche gaîté !
Il est si doux de rire
Et, dans un fol délire,
D'exciter par son dire
La grosse hilarité.

2

Que tout homme, à son aise,
Chante ce qui lui plaise,
Pierre, Jérôme ou Blaise
Caressant Margoton :
Élise est bien gentille,
Admirez, son œil brille,
Pourtant à cette fille
Je préfère un flacon.

3

Les verres se remplissent,
Se vident, se tarissent
Et sur la table glissent
Pour être emplis encor :
Le pétillant Champagne
Entr'ouvre la campagne
Du pays de Cocagne,
Pays aux rêves d'or.

4

Le festin se termine,
Et la liqueur divine
Le visage enlumine
Du buveur un peu gris ;
Le propos sot, bizarre,
Passe sans dire gare
Dans tout ce tintamarre,
Et pour charmant est pris.

A boire, amis, noyons nos soucis dans l'ivresse.
Que le vin généreux coule, et coule à grands flots ;
Que partout on entende un gai chant d'allégresse,
Et que pour nous charmer sortent les plus doux mots.

(Ils sortent).

SCÈNE QUATRIÈME

LARUINE, LÉRIDON, RAPIN

LÉRIDON

Tu railles, malheureux, et tu chantes victoire.
Croyant lire ton nom inscrit dans notre histoire !
Oui, raille Bridoison, celui-là rira bien
Qui rira le dernier ; va boire, ne crains rien,
La catastrophe approche, et sombre elle menace :
Après les ris les pleurs et la gaîté s'efface.
Au soleil qui, brillant, réchauffait l'onde et l'air,
Ont succédé la pluie et l'orage et l'éclair.

RAPIN (chantant)

REFRAIN

Laure est une fille
Bien gentille :
Elle est, sur ma foi,
Tout à moi.

—

Pourtant un jour, dans un lieu solitaire,
Dit un Gerbier d'une joyeuse humeur,
Un beau garçon pressait avec mystère
Ses frais appas doucement sur son cœur.

—

Laure est une fille
Bien gentille :
Elle est, sur ma foi,
Tout à moi.

—

Dans un boudoir où brille la richesse,
Deux jouvenceaux s'aimaient d'amour constant,
Dit un sculpteur ; je connus leur tendresse,
Caché derrière un discret paravent.

—

Laure est une fille
Bien gentille :
Elle est, sur ma foi,
Tout à moi.

—

Ces amoureux étaient Alfred et Laure ;
Dans le salon Jules se morfondait :
Sur un vieux banc, de celle qu'il adore
Léon dehors embrassait le portrait.

Laure est une fille
Bien gentille ;
Elle est, sur ma foi,
Tout à moi.

LARUINE

Bravo, bravo Rapin ! Il n'est rien qui me plaise
Comme ces gais couplets, je me sens plus à l'aise.
J'aime bien mieux cela que le lugubre ton
Dont vient de se servir le noble Léridon.
Pour moi, vive le vin, l'amour et l'allégresse,
Au diable les soucis, le chagrin, la tristesse ;
Trop peu de temps sur terre, il nous faut demeurer.
Amis, pour l'employer sottement à pleurer ;
Sans ce rendu qu'il faut qu'à l'instant je termine.
D'un gaillard ennuyé je n'aurais pas la mine ;
De leur punch bienfaisant j'aurais su me lester,
Tandis qu'ici je dois bien malgré moi rester.
Avec eux aujourd'hui, non, je ne puis m'ébattre,
Mais la prochaine fois j'en prendrai comme quatre.
Ah ! brigand de projet, combien je te maudis !
Plus tard je te mettrai dans un sombre taudis
Pour me venger de toi.

RAPIN

Mon doux et bon Laruine,
La colère, crois-moi, notre santé ruine.
Je vais te rappeler, pour calmer ton courroux,
Ton propre bavardage ; allons écoute-nous :
Pour moi, vive le vin, l'amour et l'allégresse ;
Au diable les soucis, les chagrins, la tristesse.
Trop peu de temps sur terre il nous faut demeurer.
Amis, pour l'employer sottement à pleurer.

C'est bien cela, dis-moi, riras-tu mon vieux drôle !
C'est tout prêt à veni... encore un coup d'épaule.
Après bien des efforts, enfin nous y voilà.

LARUINE (riant aux éclats)

Il ferait rire un mort. ce petit chrétien-là.

RAPIN

Certes. je suis chrétien, morbleu ! très chrétien même
Autrefois, m'a-t-on dit. j'ai reçu le baptême,
Et comme on m'a beaucoup refroidi le cerveau,
Depuis ce temps, mon cher, je bois mon vin sans eau.

(Il chante).

CHANSON

1

Quand je regarde Lise
A l'œil noir et mutin.
Ou la blonde Louise
Qui fuit comme un lutin.
Dans mon âme ravie
Un transport se fait jour.
Et je crois que la vie
Est froide sans l'amour :
    Vive l'amour !

2

Quand ta liqueur vermeille
Dans mon verre à pleins bords
Coule, jus de la treille.
Quels suaves accords
Fait naître ton ivresse :
Tout vous sourit. destin
Et charmante maîtresse.
Aussi vive le vin.
    Vive le vin !

Et vivent les cheveux ! Gloire à qui nous les donne !
Au milieu du malheur qui partout l'environne
L'homme peut vivre encor possédant des cheveux :
Je vais léguer les miens à mes petits neveux.
Plus tard ils en sauront apprécier l'usage
Et comprendront combien le testateur fut sage.
Les sots, depuis Adam, sont en majorité,
Ecrit-on quelque part, c'est une vérité.
Ayant les cheveux longs comme ceux d'une femme,
Soyeux comme les siens, beaux comme eux, sur mon âme.
J'ai pensé, connaissant le fort de Bridoison,
Tirer quelque parti de ma longue toison.
Poussé par cet espoir et mon ardeur guerrière,
J'orne ma faible main d'une arme meurtrière,
C'étaient de grands ciseaux, frais émoulus, tranchants :
Ils donnaient des frissons au plus froid des méchants.
J'introduis les ciseaux dans ma blonde coiffure.
Une mèche aussitôt quitte ma chevelure.

LARUINE

Qu'est-ce qu'il chante là, ce petit freluquet ?

RAPIN

De grâce, bon Laruine, apaise ton caquet,
Je t'en prie à genoux, à l'instant je termine ;
Voyons, soyez gentil. ne faites plus la mine.
Reprenons ce récit : en cinq différents tons,
Chez le premier coiffeur je teins mes cheveux blonds ;
Je me fis fabriquer cinq bagues gracieuses
De diverses couleurs, riches, délicieuses :
De ravissants fermoirs en beau cuivre doré
Rehaussent ce travail d'un artiste honoré ;
Par Marthe, Louisa, la fameuse Augustine,
Par la mince Clara, la grosse Célestine,

Filles d'accès facile et qu'on voit chaque soir
Montrer leur jambe ronde en foulant le trottoir,
A de différents jours ces joyaux je fis vendre
Au divin Bridoison, amoureux le plus tendre.
Commission payée, artiste aussi payé.
Il m'est resté cent francs en argent monnayé ;
Ce qui prouve qu'on peut, sur la machine ronde,
Endommager un peu sa chevelure blonde,
Rendre quelqu'un tout fier, très content, très heureux,
En faisant par le sexe écouler ses cheveux.
Bridoison peut conter que cinq belles amantes
Lui donnèrent d'amour ces preuves si charmantes,
Qu'elles n'aiment que lui, qu'on les verrait périr
S'il leur jouait le tour de se laisser mourir.
Et je vous offre moi des festins magnifiques,
Dignes sous tous rapports des grands festins antiques.
Le chapon si dodu, le chevreuil, le faisan,
Enverront à vos nez leur fumet séduisant :
Des flots de vins exquis, de pétillant champagne
Vous feront entrevoir le pays de Cocagne,
Ce qui vous prouve aussi que le jeune Rapin
Tant que vivront les sots saura gagner son pain.

LARUINE

Si tu le prends par là, comme un Dieu je t'adore,
Je bâtis des autels, j'offre ou j'immole encore
De blancs et gras taureaux à ta divinité,
Et mieux que tout cela, je bois à ta santé.

(Il boit un grand verre d'eau).

SCÈNE CINQUIÈME

Les mêmes, plus RABOURDIN, DUCLOSET, DELANNOY
et LÉON KOPPSKI.

RABOURDIN

Nous sommes revenus ! Non, jamais de la vie
Je n'eus, je crois, de rire une pareille envie.
Nous entrons au café, notre sot Bridoison
Commande l'eau-de-vie et le kirsch à foison ;
Il allume le punch qui luit et qui scintille,
Sa flamme, sous sa main qui l'excite, pétille ;
Les verres sont remplis de ce nectar brûlant,
Le prétendu nouveau, candide et nonchalant,
En trinquant avec nous, engloutit son plein verre ;
Nous faisons comme lui d'un air grave et sévère.

LARUINE

Jusqu'à présent, mon cher, ce n'est pas gai du tout.

RABOURDIN

J'en conviens, mais voilà qu'arrivent tout à coup
Quelques consommateurs, et chacun nous demande
De rester avec nous, de grossir notre bande,
Ce que nous permettons. Je bois à la santé
De nous tous, s'exclama Bridoison transporté.
Ces visages nouveaux poussent notre âne à braire,
On ne saurait, dès lors, le contraindre à se taire.
Ses membres décharnés faisant leur mouvement
S'en vont comme les bras de nos moulins à vent,
Et ce corps desséché, dont l'ossature craque
Comme un vieux gond rouillé qui crie et se détraque,

Oui ce corps agité de soubresauts soudains
Ressemblait tout à fait à l'un de ces pantins
Que fait mouvoir un homme avec une ficelle
Aux lueurs d'un quinquet dont la clarté chancelle.
Je ne pourrais conter tous les ravissants tours
Que lui fit Ducloset pendant son long discours.
Il ne se faisait pas le plus petit scrupule
De l'embrouiller parfois par un mot ridicule.
Toute chose a sa fin, comme on dit, tôt ou tard.
Nous nous sommes lassés d'entendre ce vantard.
De l'ouïr plus longtemps il était inutile,
Nous avons profité d'un prétexte futile.
Le pot d'eau, sur la porte adroitement placé,
Doit répandre sur lui son liquide glacé :
Qu'on le prépare donc ; notre pauvre pécore,
S'il est resté quelqu'un, sûrement cause encore.
Son immense discours échauffa tout son sang
Que lui rendra plus calme un bain rafraîchissant.
Vite de l'eau, Blanchard ! Ta lenteur nous démonte.
C'est prêt, il était temps, je l'entends qui remonte.

(Il regagne vivement sa place.)

SCÈNE SIXIÈME

Les mêmes, plus BRIDOISON.

BRIDOISON

(En entrant, il pousse vigoureusement la porte; ce brusque mouvement fait
chavirer le pot d'eau, dont il reçoit en entier le contenu).

Quelle averse, grand Dieu, me tombe de là-haut !
Je suis mouillé partout et trempé comme il faut !
L'eau qu'enfermait le vase a sur moi jailli toute,
Et je n'ai pas perdu la plus petite goutte.

Cette charge, Léon, te revenait de droit,
Je suis venu trop tôt, c'est terriblement froid !
En été passe encor ; quand la température
D'un soleil bienfaisant échauffe la nature,
Les habits sèchent bien, l'eau ne vous gèle pas !
Mais l'hiver, la saison des givres, des frimas,
Quand l'onde par le froid en glaçons se transforme,
Et que la neige étend son tapis uniforme,
C'est dur ! Ohé ! Rapin. Ce gaillard est-il sourd ?
Passe-moi mon surtout ; merci, jeune pandour ;
Me voilà beaucoup mieux, et comme Latulipe,
Après m'être séché, je vais fumer ma pipe.

(Il allume sa pipe et s'arrête après chaque mot pour aspirer avec force,
afin de la faire mieux prendre).

A propos... étranger..., pour toi j'ai déboursé...
Vingt-cinq francs...

KOPPSKI

Oui, Monsieur, vous serez remboursé.

BRIDOISON

Sais-tu que cela sent le provincial en diable
De quitter en sournois les amis et la table
Pour ne plus revenir et seul me délaisser :
C'est un très mauvais ton que je ferai cesser.
Moi, je veux te former aux façons du beau monde ;
Par moi tu connaîtras la science profonde
De se faire admirer par le sexe enchanteur,
Pour enlever d'assaut son amour et son cœur.
Tout est à mes genoux quand je viens à paraître.

KOPPSKI

Je ne pourrais, Monsieur, choisir un meilleur maître.

BRIDOISON

Mettant maladroitement son chapeau sous son bras et dans ce mouvement brisant sa pipe.

Je le crois, mais voyez, tient-on mieux son chapeau ?

KOPPSKI

C'est charmant !

BRIDOISON (faisant une grimace atroce)

Ce sourire est gracieux et beau ?

KOPPSKI

Délicieux !

BRIDOISON

C'est vrai. Trop aimable sourire
Qui charme le beau sexe et près de moi l'attire,
En conquérant partout j'ai marché, grâce à toi,
Ces bagues en cheveux en témoignent pour moi.
Précieux souvenirs, que j'aime, que j'embrasse,
Gages de mon bonheur, rêves que rien n'efface,
Toujours vous rappelez présent à mon esprit
Le frais et doux minois qui tendrement sourit !
Trop belle créature, étonnante duchesse,
Tu donnas ces cheveux dans un moment d'ivresse ;
Ton beau corps frémissait, ta bouche de corail
De tes si blanches dents me laissait voir l'émail,
Tes yeux demi-voilés par tes longs cils d'ébène,
Languissants, amoureux, osaient s'ouvrir à peine :
Sous mes brûlants baisers ta gorge bondissant
Découvrait à mes yeux son contour ravissant.

RAPIN (bas)

Très bien, premier récit d'une bague conquise.

BRIDOISON

Celle de ce doigt-là me vient d'une marquise :
Femme dont le souris angélique est si doux
Qu'il n'appartient qu'à ceux qu'on adore à genoux.
Anges ou séraphins qui peuplez l'empyrée,
Dites-moi si jamais, sous la voûte éthérée,
Il fut donné de voir des yeux d'un bleu plus pur,
Du plus beau ciel d'été moins brillant est l'azur.
Ses traits étaient divins, sur son épaule ronde,
Éparse ruisselait sa chevelure blonde.

RAPIN (bas)

Passons à la troisième, à celle rouge feu.
Que va-t-il nous conter ? Le sujet prête peu.

BRIDOISON

Longtemps je te cherchai dans la joyeuse ville :
Tu m'apparus enfin, charmante Cardoville.
C'est dans de frais atours, dans des robes de bal
Que je pus contempler ce sublime idéal ;
Ce fut dans une valse ardente, échevelée.
Qu'avec elle j'ai fui la tournante mêlée,
Que j'ai su raconter mes transports, mon amour :
Je les peignis si bien qu'elle aimait à son tour.
Elle m'avait choisi dans la nombreuse foule.
Admirez sur mon doigt ce serpent qui l'enroule ;
C'est d'elle que je tiens ce gage si flatteur.

RAPIN (bas)

Non. sur terre il n'est pas de semblable menteur.

BRIDOISON

Dans tes riants bosquets, ô noble châtelaine,
J'obtins de tes cheveux cette mèche châtaine :

Cachés dans l'épaisseur des coquets boulingrins,
Les oiseaux à l'envi nous jetaient leurs refrains ;
Les œillets, les jasmins, les roses parfumées
Répandaient dans les airs leurs senteurs embaumées ;
S'échappant d'un rocher, de jolis filets d'eau
Se confondaient au loin pour former un ruisseau ;
Et nous parlant d'amour, assis sur la verdure,
Nous admirions tous deux la sublime nature ;
Ton bras si gracieux autour de moi passé
Étroitement, Laura, me tenait enlacé ;
Et nous nous embrassions : une divine flamme
Parcourait tout notre être et consumait notre âme...
Laura, chère Laura ! Tenez, je deviens fou,
Rien qu'à se souvenir je frémis, mon sang bout...
Douce enfant d'Albion, ravissante Ladie,
Femme aux cheveux cendrés, que la mort a ravie,
Jamais je n'oublierai les instants de bonheur
Où je pus te presser tendrement sur mon cœur.
Ce plaisir est passé, ton corps est sous la terre,
Ton ombre auprès de moi voltige avec mystère ;
Je te vois, je te vois, es-tu suave ainsi !
Merci pour tant d'amour, mon bel ange, merci !...
Oublions, oublions, chassons au loin ce rêve
Qui partout me poursuit sans relâche et sans trêve.

RAPIN (à mi-voix)

Ce qui prouve, Messieurs, que le jeune Rapin,
Tant que vivront les sots, saura gagner son pain.

BRIDOISON

Plaît-il ?... De mes exploits le nombre incalculable
Ne se compte pas plus que tous les grains de sable
Qui tapissent le fond de nos immenses mers,
Que les astres, la nuit, éclairant l'univers.

Aussi, je vous tairai mes folles amourettes
Avec l'étudiante ou les froides lorettes.

A Léon Koppski.

Je te l'ai déjà dit, tu demeures trop loin,
Il faut te rapprocher, je me charge du soin
De trouver près de nous un logis magnifique,
Dans un lieu gai le jour et la nuit pacifique,
Qui puisse renfermer ta personne et ton or,
Tout en payant moins cher qu'à ton hôtel Windsor.
Voyons, qui m'accompagne en cette découverte ?
Le temps presse, partons, et la porte est ouverte.

RABOURDIN

Moi, noble Bridoison.

LÉRIDON

Je suis prêt, me voici ;
A vous deux, compagnons, je veux me joindre aussi.

LÉON KOPPSKI (d'un air embarrassé)

Arrêtez un instant, une certaine affaire
M'embarrasse beaucoup, je ne sais comment faire :
Il faudrait me prêter votre utile concours.
De vous, ô Bridoison, j'implore le secours.

BRIDOISON

Parle, Léon Koppski.

KOPPSKI

Vous voyez cette lettre :
Eh bien, aujourd'hui même il faudrait la remettre
A l'ambassadeur russe ; à son fils j'ai prêté
Quinze cents francs ; j'ai mis sous ce pli cacheté

L'effet qu'il m'a souscrit garant de ma créance ;
En ce jour, du billet arrive l'échéance.
Je n'ose aller toucher cet argent qui m'est dû ;
Je connais peu Paris ; avant d'être rendu,
Je me serais vingt fois égaré dans ma route.

BRIDOISON

C'est facile à comprendre, et personne n'en doute.
Aussi pour t'éviter tout ce sot embarras,
Je cours à la maison m'habiller de ce pas.
Oui, nous découvrirons ton ambassadeur russe.
Que je meure, Léon, si pour le roi de Prusse
J'ai couru le trouver. J'aurai tout ton argent :
Tu ne pouvais choisir un plus adroit agent.

LÉRIDON

Partons !

BRIDOISON

Mais attendez, je vous suis tout-à-l'heure :
Le temps d'aller passer, dans mon humble demeure.
Un habit dessinant mes formes d'Adonis,
Un gilet de satin, mes escarpins vernis,
Et puis je suis à vous.

RABOURDIN

Quelle peine inutile !
Nous irons avec toi jusqu'à ton domicile ;
Nous attendrons, mon cher, que tu te sois fait beau.
Que tu prennes l'habit ou noir, ou bleu barbeau ;
Quand tu te seras bien ragréé la façade.
Nous verrons à trouver la susdite ambassade.

BRIDOISON

C'est cela, Rabourdin ; tu raisonnes, vois-tu,
Comme un membre en renom du célèbre Institut.
Mais, j'eusse mieux aimé, comme étant le plus sage,
Que l'on cherchât d'abord une gentille cage
A notre Polonais, dites-moi si j'ai tort,
Et j'eusse seul après abordé le plus fort.

LÉRIDON et RABOURDIN

Parfait, mon Bridoison ; chacun de nous, bel ange,
Approuve ce projet qui très bien nous arrange.

KOPPSKI (bas)

Oui, ce projet m'arrange, il me plaît, me séduit ;
Pour le lui proposer, quel tracas, quel ennui,
Quels soins il m'eût fallu, quelle adresse suprême !
Par bonheur il se met dans le panneau lui-même.

(Ils sortent).

SCÈNE SEPTIÈME

LARUINE, DUCLOSET, RAPIN, DELANNOY, BLANCHARD.

LARUINE

Le héros est parti ! plus rien pour défrayer
La conversation ! Qui va nous égayer ?
Raconte-nous, Blanchard, d'une façon naïve,
De ton premier amour l'histoire si lascive.
Quelle femme, dis-nous, trop heureuse ici-bas,
Sut attacher partout ta personne à ses pas ?
Parle, nous t'écoutons.

DUCLOSET

C'est une raillerie
De faire rabâcher pareille vieillerie !
Laruine y penses-tu ? Cherche dans ton cerveau
Pour trouver un sujet moins triste et plus nouveau.
Ce gaillard mal tourné ne saurait plaire aux belles :
Elles durent, pour lui, toujours être rebelles.
Je voudrais qu'il devint un instant orateur,
Qu'il nous fît un discours bien tourné, bien flatteur
Sur sa réception parmi nous, camarades.

LARUINE

J'offre au diable, Blanchard et toutes ses tirades.
J'en reviens, comme on dit, sans cesse à mes moutons.
Oui, je demanderai sur de différents tons
A Blanchard de conter sa passion première.

DUCLOSET (avec humeur)

Commissaire, approuvé,

BLANCHARD (langoureusement)

Dans une humble chaumière.
Une charmante blonde, aux yeux d'un bleu d'azur,
Etant d'un ciel serein le reflet le plus pur.
Vivait avec sa mère, innocente et cachée,
Comme à son vieux tuteur une plante attachée.
Un gracieux souris, doux parfum de son cœur,
De son âme sans tache annonçait la candeur,
Et son cou si rosé, sa taille de déesse,
Ses ravissantes mains, son front plein de noblesse,

Tout en elle était beau, divin, délicieux,
On eût dit que Vénus avait quitté les cieux
Pour venir, sous les traits d'un être de la terre,
Habiter près de moi cet endroit solitaire.
Que de jours je restai, malgré frimas et froid,
Accoudé près d'un arbre ombrageant son vieux toit,
A contempler, rêveur, sa suave figure.
Jamais je ne goûtai félicité plus pure.
L'hiver déjà fuyait par le beau temps chassé
Et ne vous gelait plus de son souffle glacé ;
Le printemps arrivait, son haleine attiédie
Arrachait au sommeil la nature engourdie ;
Sortant de leur linceul, les plus charmantes fleurs
Sous un soleil plus chaud exhalent leurs senteurs ;
Avec vigueur leur tige et s'allonge et s'étale,
Leurs si riches couleurs où la brillante opale
S'unit au blanc albâtre, au saphir, au rubis,
Du gazon verdoyant émaillent le tapis.
Ajoutez les oiseaux, dans un concert magique,
Envoyant au Très-Haut un sublime cantique,
Au milieu de cela, qu'elle embellit encor,
La blonde aux yeux si bleus, aux soyeux cheveux d'or,
Courant et bondissant, et légère et rapide,
Comme l'élan si prompt ou la biche timide :
Vous en conviendrez tous, c'était à rendre fou.
Cette adorable enfant, je la suivais partout ;
Cependant je ne pus lui dépeindre ma flamme,
Ni le brûlant amour qui consumait mon âme :
Sur mes lèvres, les mots vinrent toujours mourir.

DUCLOSET (bâillant)

Dieu que c'est amusant ! Cesse de discourir,
Pauvre amoureux transi ! Dis comment, à ton âge,
De lui faire un aveu tu n'eus pas le courage.

LARUINE

Pour elle, il vaut bien mieux qu'il n'ait jamais parlé.
Quel agréable amant, qu'un borgne, qu'un grêlé !
C'est égal, laid Blanchard, répète ton histoire,
Je voudrais l'insérer dans notre répertoire.

DUCLOSET

Çà, Laruine es-tu fou ? Non morbleu, cent fois non.

LARUINE

D'accord. Que dirais-tu d'une belle chanson
Que le jeune Rapin, ténor doux et modeste,
Entonnerait gaîment avec sa voix céleste ?

DUCLOSET

Cela me sourirait. Allons, chante Rapin !

RAPIN (ayant l'air de beaucoup chercher)

Quoi ?

DUCLOSET

Ce que tu voudras : chante, bavard sans fin.

RAPIN (chante)

REFRAIN

Messagère d'amour, charmante tourterelle,
Tu reviens parmi nous volant à tire d'aile ;
Les bois sont reverdis, ton nid de l'an dernier
Attend le compagnon que tu vas convier.

A la nuit presque close,
La séduisante Rose
Du logis s'évadait.
Que faisait la pauvrette
A cette heure, seulette ?
Son Pierre elle attendait

—

L'amoureux qu'elle adore,
Tout près du sycomore
Le soir devait venir.
Son petit cœur palpite,
Dites-moi qui l'agite ?
Est-ce un doux souvenir ?

—

Regagne la veillée,
Belle enfant ; la feuillée
Cache plus d'un serpent.
Quelquefois la pauvrette,
Qui s'échappe seulette,
Et pleure et se repent.

—

Demeure en ta famille :
C'est là, naïve fille,
Qu'existe un plaisir pur :
Ne va pas, solitaire,
Au bois avec mystère,
Le réveil est si dur.

—

Messagère d'amour, charmante tourterelle,
Tu reviens parmi nous, volant à tire d'aile,
Les bois sont reverdis. ton nid de l'an dernier
Attend le compagnon que tu vas convier.

SCÈNE HUITIÈME

Les mêmes. plus LÉRIDON, RABOURDIN et LETOURNEUR.

LÉRIDON

Nous sommes éreintés ! Peste soit du maroufle !
Il nous fit tant courir que nous perdions le souffle,
Nous avons visité tout le quartier latin,
Battu tous les faubourgs, et, sévère destin,
Nous n'avons pu trouver un logis convenable.
L'un plaisait, mais le prix était peu raisonnable :
L'autre ne plaisait pas, il était trop étroit ;
L'autre était par trop grand. trop humide ou trop froid :
Un autre manque d'air : de l'un l'odeur infecte,
Le sensible odorat péniblement affecte :
De l'autre on se défie, il est trop parfumé ;
Si l'un est par trop clair. l'autre est trop enfumé :
A chaque logement il trouvait à redire.
Ce manége d'abord pouvait nous faire rire ;
Plus tard il ennuyait : Mon Dieu que je suis las,
Dis-je à Léon Koppski : retournons sur nos pas.
Nous recommencerons un jour cette recherche.
Toi, digne Bridoison, monte en voiture et cherche
A découvrir l'argent de notre ambassadeur.
Adieu, je n'ai besoin de presser ton ardeur.
Encore un mot : attends et ralentis ta course :
Le Polonais. tu sais, chez lui laissa sa bourse.
Il voudrait nous payer, comme à de bons amis,
Des cigares parfaits, des cigares de prix,
De beaux patanellas. C'est très bien, c'est chouette,
Me répond Bridoison : voilà l'argent, achéte :
Léon me rendra ça plus tard, à l'atelier.

LETOURNEUR

Oui, je te le rendrai, triple sot d'écolier !
Morbleu ! me crois-tu fait pour payer tes sottises !
Nous allons mettre un terme à toutes ces bêtises.
Vous, Polonais partez ; revenez, Letourneur ;
Retirez cette barbe, ornement du sapeur,
Qu'une fine moustache ombrage votre lèvre,
C'est très bien. Mon ami, votre teint sent la fièvre :
Enlevez cette poudre et ce riz superflus :
Allons, c'est mieux encore, on ne vous connaît plus.
Les cheveux relevés et jetés en arrière
Pour découvrir le front, l'allure droite et fière ;
Quittez ce ton guindé, très bon pour un nouveau ;
(Se regardant dans la glace).
Voyons, regardez-moi, vous êtes assez beau.

LARUINE

Cela n'explique rien.

LETOURNEUR

Je le sais, bon Laruine,
Garçon plus curieux qu'une vieille béguine.
Je vais te satisfaire, écoute mon très bon...
Je n'en ai pas le temps, car voici Bridoison
Qui revient soucieux en coupé de remise,
Comme un de ces mylords des bords de la Tamise.

————

SCÈNE NEUVIÈME ET DERNIÈRE

Les mêmes, plus BRIDOISON.

BRIDOISON (furieux)

Viens ici, Polonais : de suite approche-toi :
Ce n'est pas sans danger qu'on se moque de moi.
Si vous saviez, amis, quel misérable rôle
M'a fait jouer ce gueux et cet insigne drôle,
Vous en seriez outrés ! Et moi, moi Bridoison,
J'ai donné là dedans comme un stupide oison :
Je ne me connais plus, tant je suis en furie !
Mais tu me le pairas, plat valet d'écurie.
Après avoir cherché partout, mais vainement,
Pour notre Polonais un digne logement,
Je quittai Léridon pour prendre une calèche ;
Mon cocher, que l'espoir d'un fort pourboire allèche.
Me conduit au galop chez mon ambassadeur ;
Nous y sommes enfin, je sonne avec ardeur :
Soudain la porte s'ouvre, un immense concierge,
L'habit galonné d'or, raide, droit comme un cierge,
Me reçoit en entrant : Monsieur, que voulez-vous.
Qui vous amène ici, qu'exigez-vous de nous ?
A votre ambassadeur je veux parler de suite.
Veuillez me précéder, me faire la conduite.
J'aurais à lui remettre un billet que voici,
Que souscrivit son fils à l'étranger Koppski.
On s'est moqué de vous, me répond le cerbère,
Car notre ambassadeur est un célibataire.
Décampez et bon train. Je m'esquive aussitôt.
Sans lui dire : concierge, au revoir, à bientôt ;
Je remonte en sapin, confus comme une grive
Et tout en marronnant, à l'atelier j'arrive.

Mais je me vengerai. Tremble, jeune étranger,
D'une belle façon, moi je vais t'arranger.
Et d'abord, mon argent ! Vingt-cinq francs et cinq trente,
Pour cigares et punch ; ensuite dix, quarante,
Voiture de remise et pourboire au cocher.

LÉRIDON

Mon pauvre Bridoison, tu peux tout retrancher ;
Le Polonais est loin ; pour lui l'architecture
N'a pas le moindre attrait ; il veut de la peinture
Essayer l'art charmant.

BRIDOISON (atterré)

Rabourdin, est-ce vrai ?

RABOURDIN

Le fait, mon pauvre ami, n'est que trop avéré.
Si tu crains, Bridoison, que je brode une histoire
Et que je veuille encor te contraindre à la croire,
Demande à Letourneur, cet ancien que voilà
Et qui vient d'arriver.

LETOURNEUR

Du tout, outre cela,
En nous quitant Léon avait l'âme ravie
D'avoir pu, nous dit-il, une fois dans sa vie
Tromper de tout Paris l'être le plus retors
Et de tout l'atelier le plus drôle de corps.
Mais quant à ton argent, il te donne quittance,
Te tenant quitte aussi de toute redevance ;
Et tu pourras garder, même décacheter
L'écrit qu'à l'ambassade il t'a fallu porter.
Veux-tu me le donner, j'en ferai la lecture ;
Je serais curieux de voir la signature.

BRIDOISON

Ce billet, le voici.

LETOURNEUR

« Monsieur l'Ambassadeur,

« Faites administrer, à ce bête porteur,

« De coups bien appliqués une bonne volée,

« Frappez, ne craignez rien, elle n'est pas volée :

« Beaucoup de vos sujets en vos vastes États

« Furent rossés, battus, ne le méritant pas

« Aussi bien que celui que je vous recommande :

« Exaucez, je vous prie, exaucez ma demande,

« Vous rendrez un service à ce pauvre garçon

« Qui, peut-être, saura goûter cette leçon.

« Signé : Léon Koppski. » J'en conviens, c'est indigne,

Pourtant à pareil sort il faut qu'on se résigne.

Tu ne fus pas rossé, tu dois être content.

BRIDOISON (anéanti)

Ah ! mon Dieu, mon argent ! Qui rendra mon argent ?

Quarante francs perdus !... Ce souvenir me glace !...

(Se remettant peu à peu) :

Ce qui console un peu, c'est qu'un autre à ma place

Se fût laissé duper par notre Polonais...

(Nouveau silence, puis Bridoison s'écrie avec un
emportement extrême) :

Il vous eût trompés tous, morbleu, je m'y connais !...

FIN.

NON

CAPRICE

NON

A Monsieur TASSIN, Député de Loir-et-Cher

> L'amour partagé est chose divine ; l'amour
> cavalier seul est une diablerie.
>
> (O.-L. Mosin,
> *Pensées inédites d'un Chasseur.*)

I

Dois-je toujours aimer ? Dois-je, toujours fidèle,
Ne voir qu'elle partout et ne parler que d'elle ?
Et sans être certain si mon amour profond
A trouvé de l'écho, si son cœur y répond,
Dois-je à ma passion livrer toute mon âme,
Me laisser consumer par mon ardente flamme ?
Pendant que soucieux, demandant, mais en vain,
A tout ce qui m'entoure à savoir mon destin,
Je promène au hasard ma sombre rêverie,
A mes yeux vient s'offrir une verte prairie.
Les plus brillantes fleurs s'ouvrant devant mes pas,
Étalent leur corolle et me parlent tout bas.
L'une pour me sourire a détourné la tête,
L'autre a pris sa parure et ses habits de fête.
L'opale se marie à l'albâtre éclatant,
Le saphir au rubis ; sur les ondes flottant

Le nénuphar entr'ouvre une fleur mordorée ;
La violette ici peut se croire ignorée.
Mais l'agréable odeur de son parfum si doux
Révèle sa présence en s'élevant vers vous ;
Là-bas se cramponnant à cet arbre qui penche,
Près des bois verts, ombreux, végète la pervenche ;
Plus loin, sa blonde sœur, la clochette des prés.
Un des charmants bijoux des gazons diaprés,
Fleurit ; la marguerite effeuillant ses pétales
Dévoile aux amoureux leurs luttes triomphales
Ou bien leur insuccès. La déesse Cypris
A, dit-elle, pour vous les plus tendres souris.
Pour vous aucun amour, vous ne pouvez lui plaire :
Rose est folle d'Henri, Thérésa de Valère.
Là-bas, le liseron s'enroule, le muguet
Au frais s'épanouit, gracieux et coquet.
Toutes les fleurs enfin sur leurs tiges dressées,
Soupirant près de moi, joyeuses, empressées,
Paraissent m'appeler pour me dire tout bas :
Écoute, heureux mortel, et ne nous trahis pas :
L'objet de ton amour et te chérit et t'aime,
Elle a fait cet aveu devant nous elle-même.
Sur sa lèvre vermeille errait un doux souris.
Un pur frémissement, en tout son être épris,
Courait, en colorant de rose son visage ;
Son grand œil bleu brillait ; sous le souple corsage
De sa robe montante et belle de blancheur,
On voyait palpiter bien plus vite son cœur.
Si les fleurs ont dit vrai, mon sort digne d'envie
Sera des plus heureux, donce fuira ma vie.
Pareille à ce ruisseau, sous les bois abrité,
Qui murmure et qui coule avec tranquillité.

II

L'horizon s'obscurcit, présage de tempête.....
Soudain l'orage éclate et mugit sur ma tête ;
La vague avec fureur déferle sur le port,
Des remparts de granit escalade le bord ;
On ne voit plus alors, au milieu de la brume,
Que le sommet des flots irrités, blancs d'écume,
Et le ciel sillonné par d'immenses éclairs,
Embrasant de leurs feux les ondes et les airs.
Vous semble illuminé par un vaste incendie ;
Le tonnerre résonne et gronde avec furie ;
Le vent impétueux, comme mille serpents,
Siffle, casse les mâts, déchire les haubans ;
Les voiles des vaisseaux pendent déchiquetées :
Les épaves roulant par la mer emportées,
Vont battre les rochers et se brisent contre eux.
Sur un débris flottant, poussant des cris affreux,
Les yeux baignés de pleurs, une charmante blonde
Implorait l'Éternel, cherchait en vain sur l'onde
Un refuge, un abri pour protéger ses jours ;
Mais rien n'apparaissait : l'immensité toujours....
Sans cesse le tonnerre et son sourd grondement,
Le hurlement des flots, le sombre écroulement
De la vague écumeuse et qui, blanche, retombe...
Effroyable chaos, triste et funèbre tombe...
Une montagne d'eau sur l'enfant s'abattit...
Un dernier cri, — puis rien... L'océan l'engloutit.
Cependant, le matin, souriante, joyeuse,
Laissant flotter au vent sa coiffure soyeuse,
Elle avait dit aux fleurs timidement le nom
De celui qu'elle aimait... Dois-je aimer toujours ? Non.

III

Dans un riant vallon, une onde cristalline,
Suivant les frais contours d'une verte colline,
Courait capricieuse et servait de miroir
Aux roseaux frémissants. au grand peuplier noir ;
Le noisetier laissait sur sa face limpide
Tomber ses longs chatons que le courant rapide,
Dans ses replis nombreux, forçait à tournoyer ;
Vers l'un se dirigeant et prête à se noyer,
La vaillante fourmi, sur ce frêle navire,
Très lasse était montée ; en vain le vent chavire
Ce nouveau bâtiment, elle trouve le port :
Un tournant du ruisseau lui fait gagner le bord.
Par la douleur courbé, le front pensif et sombre,
Dans un sentier boisé, verdoyant, couvert d'ombre,
Un homme tout flétri chemine languissant,
Fait pour se redresser un travail impuissant.
Pourtant hier encor, mortel digne d'envie,
Beau, jeune, intelligent, il était plein de vie ;
Cet homme sans soucis, libre passait ses jours...
Pourquoi vers lui venir, ô funestes amours !...

Une femme apparut, une figure d'ange,
De la brune et la blonde offrant le doux mélange :
Elle avait, réunis, des deux tous les attraits.
Ses sourcils bien arqués étaient d'un noir de jais ;
Sa chevelure noire, éparse, ruisselante,
Encadrait son front blanc et sa tête charmante ;
Ses longs cils noirs voilaient son œil limpide et bleu ;
Sa bouche de corail en s'entr'ouvrant un peu,

Des perles découvrait, blanches, fines, nacrées,
Pareilles à des sœurs dans un groupe serrées ;
Au milieu de sa joue un léger incarnat
Du teint mat de sa peau faisait briller l'éclat ;
Un corsage échancré montrait sous la dentelle
Le cou le plus rosé ; sa taille, la plus belle
Que l'on puisse rêver, complétait ce beau tout.
L'amour à son aspect vous envahit partout.
Les yeux sont pris, les sens charmés, il faut se rendre.
Le jeune infortuné ne sut pas s'en défendre.
Femme, lui disait-il, me veux-tu pour époux ?
Regarde ton esclave, il est à tes genoux.
A toi toute ma vie, à toi toute mon âme !
Dis-moi si ton amour va répondre à ma flamme.
Vois, je suis tout tremblant, et j'attends anxieux
L'arrêt que doivent rendre et ta bouche et tes yeux.
La brune releva son front blanc et candide
Et prononça ces mots d'une voix si timide
Qu'en prêtant bien l'oreille à peine on entendait :
Si mon cœur était libre, de nul ne dépendait,
Si je prenais aux champs leur humble pâquerette
Froissant, sans l'effeuiller, leur blanche collerette,
Si folle, insouciante et rêveuse à la fois,
Je cherchais l'inconnu sous l'ombre des grands bois,
En pensant qu'à mon âme il manquait quelque chose,
Comme il manque à la fleur au crépuscule éclose
Un rayon bienfaisant de l'astre sans pareil
Qui réchauffe le monde, un rayon de soleil,
J'eusse à vous pu m'unir, partager votre ivresse ;
Mais un autre avant vous possédait ma tendresse.
Adieu, vous m'oublîrez. Et triste elle partit.
Dans le vague bientôt son ombre se perdit.....

Les yeux baignés de pleurs, et froid comme le marbre,
L'amoureux sans espoir s'affaissa contre un arbre ;
Tout son bonheur rêvé, comme un très faible son,
Disparaissait soudain. Dois-je aimer toujours ? Non.....

PARIS

ALCAN-LÉVY, IMPRIMEUR-BREVETÉ,   LITHOGRAPHIE ROBINET ET BAILLY,
61, RUE DE LAFAYETTE   7, RUE GEOFFROY-L'ANGEVIN